麦笛

室井忠雄歌集

六花書林

麦笛 * 目次

装画　松原　賢
装幀　真田幸治

麦笛

那須高原・夏

午前四時になれば啼き出すほととぎす那須高
原に夏は来にけり

鮎のいとなみ山女魚のいとなみ展示して県営淡水魚水族館あり

なかがわ水遊園

川底に定数のありなわばりから溢れた鮎を淵鮎という

炙り鮎をのせてうどんを食いにけり鮎釣り名人のきみにもらって

甲羅干しする石亀をながめつつわれはコーラを飲み干しにけり

病む麦の黒穂の茎につくりたる笛はさびしき
音をたてるも

ほたる見に来いと言われてわれわれは行く「望田」
の里のゆうぐれのころ

あおによし奈良美智の美術館　道の駅「明治の森・黒磯」の隣にオープン

丹のつつじ群れ咲く森の奥深くJ・ジェイゴ営む陶窯のあり

雷鳴が大好きで那須に移り住んだ河原さんが
引っ越しゆけり

五年間介護つづけし薫さんは修子さんより先
に逝ってしまいぬ

歯科医院の駐車場から小学生の集団登校は出
発をせり

わが家の蓮池まで来て折り返す老いたふたり
の朝の散歩は

秋・富富富

手のひらの上で豆腐を切る技はますます冴えてあすは立秋

施餓鬼会という行事ありひさかたの光徳禅寺に秋の日のさし

だんご山と簡素なる名を人は付け人は住みたり四五軒なれど

富山の米「富《ふ》富《ふ》富《ふ》」が出まわりわれ食いぬふ
ふふふふふ土鍋に焚いて

淡く咲く宇塚さんちの寒桜倒れ伏したり台風
の来て

クレソンが収穫可能とメール打つ九月三十日
朝霧たちて

とりたての香魚香草香茸を使って今宵の料理
をつくる

ポインセチアの力は尽きて赤き葉はなくなり
にけり九月のおわり

稲わらを燃やして灰をつくりおり釉薬にせん
というにあらねど

秋更けて樅の大樹のしたかげに紅きのこの
あらわるあわれ

月井芳美の打つ蕎麦うまし山奥の舞茸天麩羅
加えればなお

秋明菊の花は咲きつつ風のなか雉のつがいが
虫を啄ばむ

真夜中に天津甘栗食っており前世は森のリス
にてあらん

あなとうと陸稲をつくる畑あり砂利道をわれ
歩み来たれば

スキーシーズンにあらねどわれらここに来る
紅葉求めて塩原の山

もみがらの燃ゆるけむりがたなびきて夕暮れんとす里山の秋

「新米ができました」との言葉添え新米送る遠く住む子らに

雪　虫

雛のつがいは急ぎ帰りぬぱらぱらと霰降りくる那須の篠原

冬なれば子どものころより着ておりぬ母さん
手縫いの綿入れ半纏

秋明菊の白綿のように飛んでくる雪虫あれば
手のひらに受く

県道へ出てきた狐は冬になるまえに車にはね
られ死にき

いただきし狸鍋セットを食いにけり食を楽し
むというにあらねど

寒ざらし蕎麦を食うため三蔵川に九〇〇キロ
のそばの実ひたす

炭を焼くにおいがながれきたりけり炭焼く力
は里の力ぞ

牛飼いが牛飼いやめて空っぽの牛舎のあれば
さびしきろかも

つかまえた虫をゆずの木の針に刺し百舌鳥が
餌とす冬の来たれば

「高齢につき今年限りの賀状です」添え書き
ありてさびしかりけり

ぬばたまのクロネコヤマトの宅急便津軽のり
んごを運びくるかも

ふきのとう味噌

春を少し味わうために「ふきのとう味噌」を
つくりぬあぶらに炒め

高知より送られてきた菜の花は花咲かすまえ
にわれに食われき

細胞に入りしシアノバクテリア葉緑体へと進
化を遂げき

ムスカリの鉢植え三八〇円を買い来てかざる
下駄箱の上

一列に妻の植えたるチューリップに赤白黄色
と花咲きにけり

死にゆきし同級生の数などをゆびにかぞえて
三月尽日

藪の中でピ〜チョクジョピ〜チョクジョと鳴
く鳥はなに桃の咲くころ

いただきしたけのこご飯を昼に食い夜に食い
たり妻とふたりで

二分ほど茹でて刺身にして食える椙木椎茸は
あわびのごとし

汚れやすきもの美しと花咲けるハクモクレン
の木に言いかける

蒔く種を持てるよろこび春の日に照らされな
がら黒土を起こす

パンデミック

二〇二〇（令和二）年一月十日武漢にて原因不明の肺炎がおこり死者まで出ている様子。二月四日豪華客船ダイヤモンド・プリンセス号、横浜港に停泊。

きのこ菌をそだてる森の音のありしずかにし
ずかにささやく如く

次々と予定が消され「車検」のみ消されず残る四月のこよみ

新幹線の客半減し「うなぎパイ」生産停止に追い込まれたり

そば打ちの道場一時閉鎖して令和の春の過ぎ
ゆかんとす

いまだ届かぬアベノマスクよりありがたし松
原さんの手縫いのマスク

半導体は無論マスク一つも工場でつくれなく
なってしまいし日本

「今の人、誰」とマスクした人がマスクした
人に訊く令和の春は

ものもらいにガーゼの眼帯コロナ予防にマス
クかければ左目が顔

春夏の高校野球大会が中止となりぬコロナ禍
のために

甲子園の土を入れたるキーホルダー全国球児
に配る球場

品川プリンスホテル・イーストタワーに軽症
患者は病を癒やす

ビルの間をペンギンが飛ぶ池袋サンシャイン
ビル四十六階

小池知事の得意としたる横文字の「東京アラ
ート」発令中なり

大正期のスペイン風邪では日本人四十万人が
死にゆきにけり

百年前の亜米利加発のスペイン風邪はエゴ
ン・シーレの命も奪う

公卿八人の内五人が死亡し飛鳥時代にもパン
デミックあり

願い事あればここに来て石を積むひとのいと
なみは単純ならず

ブロイラーの羽をみどりや赤にそめお金集め
る日本の行事

自治会長任期一年をくりかえし七度目に入る
令和二年は

管理する共同墓地の墓じまい三つありたりさびしきろかも

葬式の段取り誰よりうまくても自慢にならぬが役に立つあり

百年を川辺に生きて胡桃の木家屋火災に焼死
したりぬ

わが家の軒下の様子を見にきたり五月八日の
巣づくりつばめ

誰も誰も声かけくれぬ足利の大藤を見にゆくころなれど

後輩の死はかなしくて横たわる棺のなかにカトレアの花

ひこにゃんもくまモンも登場しなくなりコロ
ナウイルス感染つづく

新型コロナに力のありてインバウンドに国力
かけし政治終わらす

「最初はグー」を流行らせたるは志村けん令
和の春に死にゆきにけり

遊行柳

春風に遊行柳が吹かれおり芦野の里にわれの
来るとき

白河の関を越えんとこの道を行きし人あり四百年まえ

街路樹に柳を並べてはなりませぬ遊行柳は一本でよし

百の薬草入る袋を湯にひたす薬湯のあり芦野
の里に

水車をまわし蕎麦打ちて出す道の駅「東山道」
というもののあり

つき膝

炎鵬はつまらなそうに塩をまくちょっとつまんで土俵の隅に

土付いた白鵬の背中は国技館の控室へと消え
ゆきにけり
初場所二日目

土俵上の阿炎対炎鵬のたたかいは足ごと持ち
上げて炎鵬の勝ち

決まり手によらぬ負け方「つき膝」に千代大
龍は五勝六敗

逸ノ城の巨体がぶつかり九州場所土俵の角が
くずれ壊れぬ

勢《いきおい》に勢いありて国技館の土俵下へと落ちて
ゆきたり

一日に大好きなたまごを十個食い貴景勝は勝
ちを重ねる

うた

源実朝、冷泉為相、正岡子規、中井英夫と僕、誕生日が同じ九月十七日だが、うたが上手くなるわけにもあらず。まして歌の改革などは……。ついでに言えば、ちあきなおみも石川遼も誕生日が同じ僕だがカラオケ、ゴルフも上手くはならず。

しおり紐のあとの残れる『梨の花』ページ二〇〇に甘栗の歌

うた読めば小島さんがおでんの汁に醬油を足
したことがわかりぬ

永井陽子の残したうたなど読みながらきみの
手術の終わるを待てり

はるかなるアンダルシアのワイン飲みぶどう
の精とわれ眠るべし

バンザイは手のひら内側にして掲げよと栗木
京子のうたに学びぬ

学習すれば俳句は身に付きますが短歌にはそ
ういう装置はあらず

うたの制作われしておればのっそりととなり
の犬が訪ねてきたり

ひとりの人に語るように作るならきっと伝わるだろう思いは

わが文字のクセを消さねばいい歌かどうかわからぬからパソコンに打つ

ベランダに仰向けのもの落ちていてカメムシのかたちに素枯れておりぬ

美しい顔のおみなが好きなのは斎藤茂吉ばかりにあらず

大正から昭和にかけて漱石と藪蚊、茂吉とダニのたたかいありき

「病院のベッドで楽しく読んでます」とたよりありしが死んでしまいぬ

「短歌人」紺野裕子編集委員より通信あり。「抽斗の中のものを詠う」という題詠で年末恒例の特集を組むから、諾否の返事をくれという。僕は早々に「諾」で返事した。締め切りまでは一か月あり、余裕だ。ところがだ。うたのネタを求め抽斗を開けてはみたが、心動くものは何も入ってなかった。自分の抽斗だけでなく、キッチンの抽斗や子供たちの残していった学習机にも捜索は及んだが、駄目だった。切羽詰まって、かつての職場や小学校時代の学校机にも思いを馳せたが、さっぱり出てこない。何もないのにあるかのように歌をつくるのは本意でなく、こうなってしまった。

暮れだというに身も蓋もないとは抽斗のことか。僕はどうやら題詠というものが苦手なようだ。探し疲れた唯一の収穫は記念銀貨の発見だった。

詩のタネを求め抽斗開けしかどわが抽斗に詩はあらざりき

うたづくりに飽きて折々禅を組む座布団ふたつに畳んで座り

禅を組む四首

両肩のちからをぬいて背筋をのばす右手のひ
らに左手のせて

太陽をまわる公転をイメージし半身ゆらし位
置を定める

舌先を上あごの歯のつけ根につけて視線落とせば仏のごとし

十六歳の秋から作った歌のかずかずキャンパスノート一二〇冊に記す

このくらい薄かったかと水を加え髙瀬一誌の
インクをつくる

北陸の海岸線を歩みゆく馬と三井さんとに夕
日が赤い

三井さん三首

八十歳を超える三井ゆきさんの騎乗のアレキ
サンダーアモの歩みぞ

三井さんが泊まりに来たとき提げてきた「手
取川」一升瓶は北陸の酒

三角乗り

かつ丼一〇〇円ラーメン四十円の時代あり小学校に入学のころ

足の届かぬ大人用の自転車に乗るため三角乗
りという技のありたり

鍬使い畝たてる技は子どものころに覚えしが
いまだ忘れておらず

学芸会の舞台にわれあり「みにくいあひるの子」のみにくいあひる演じて

「お百姓とひばり」を脚色演出し小六われに学芸会あり

ジェンカというリズムに乗って歌のあり坂本
九の生きていたころ

置き傘というもののあり小学校昇降口靴箱の
横に立てかけ

初めて作った工業製品ブックエンド中学二年
の技術の時間

にわとりがミミズ呑むときほの見せするるど
き目線を見てしまいたり

駅弁の肉めしうまし白河駅に着く前にたちまち食い終わりけり

夜の汽車に乗って上京したころは上野の駅が終点なりき

東京から敦賀港経由で伯林へゆく切符あり昭
和のはじめ

わが父が愛したチェリー若きわれが愛したセ
ブンスターのけむり

かぎりなき人生の運を信じては象牙の実印作りたる父

動物と一緒に暮らした時代あり　馬、牛、山羊、兎、犬と庭鳥

箱の中より飛び出してくる鳩のいて柱時計が
動いていた昭和

マジックをしないマジックを披露して伊藤一
葉昭和にありぬ

働けばしあわせになると信じつつ生きてきた
りぬ昭和の時代は

あふれ出る言葉を次々くちびるにのせ歌作る
中島みゆき

貧しかったけれど日本国旗を買い求め祝祭日
にはかかげし昭和

鍵盤

人間にきこえる音の限界は鍵盤八十八個の両
隅にあり

創業は百三十年前ハンブルクにピアノをつく
る工場のあり

鍵盤の重さは中に埋め込んだ金属によって調
整をする

ハンマーのゆがみはバーナーの火であぶり調
整をする昔も今も

三本の弦を同時にたたくとき深みのある音出
せりピアノは

旅・思い出

サッポロビール園のジンギスカンは別格で全日空に乗りて行きたり

旅人にあれば畑の作物にも感傷のわくじゃが
いもの花

十九歳の石川さゆりが歌い十九歳の啄木の妹
が渡った津軽海峡

青森三首

りんごの尻割れているのがおいしいと津軽の
人は教えくれたり

青森に砂糖パンというもののありイギリスパ
ンとして売られおり

宮古から大洗までのわが好きな海岸線は全滅したり

きれいだった島越駅は宮沢賢治の詩碑だけ残し消え失せにけり

気仙沼の沖の海ではよくとれて学校給食にマンボウカレー

われら行くぴんぴんぴんころりぴんころり会津ぴんころ三観音へ

福島六首

檜でつくる木刀ここに売られいて買う人もなし秋のゆうぐれ

同級生がいないと子供がかわいそうだから示し合わせて子をつくる嫁たち

会津なる塔のへつりに来てみれば生きた蝮が
瓶に売らるる

コウタケという大いなる茸が売られいて塔の
へつりは秋闌けにけり

旅人のわれは味わうあしひきの会津のやまの
コクワひとつぶ

詩と書とに没入したる相田みつをの批評家た
りきその妻千江は

アメデオ・クレメンテ・モディリアーニ描く
「ルニア・チェホフスカの肖像」

東京二首

仏像を寺をこわしぬ神道の国をつくると明治
政府は

霧深き台地の茶葉にて光合成抑制されてにがみ少なし

牧之原台地

天竜のおんな船頭はまだ若くわれらを乗せて川下りゆく

ドラえもんのぬいぐるみ乗せて高岡の路面電
車は走り去りたり

ぼろぼろの自転車に乗り移動する男盛りはB
OROと名乗りぬ

大阪二首

まだ飲めるはずだと酒宴のテーブルに一升瓶
の酒を立てたり

遊郭の入り口にあっただんごやは今でも道後
温泉にあり

和歌山電鐵貴志川線貴志駅長猫たまは急性心
不全にゆけり

連休が終わるとホタル前線は川内川から北上
はじめる

姉むすめの婿殿のふるさと鹿児島に、妹むすめと妻を連れてゆくことになり、羽田から飛ぶ。二度目の鹿児島である。

空港からのバスで会いたりかつお節買い付けに行く前橋の人

夕暮るる天文館の前に立ち電車を待てりきみと並びて

そら豆とさつま地鶏の串焼きはわれの胃の腑
に収まりにけり

孟宗竹の発祥の地と見上げおり仙巌園の高き
たかむら

城あとの西郷どんの終焉の地を見てわれら展望台へ

零戦はぼろぼろになりて展示さる知覧特攻平和会館

ここの地を飛び立つ戦闘機に乗りたるは小さく敬礼したのであろう

日本一大きな風呂は指宿のやどにありたり三度をひたる

ゲートボール全国大会開かれて指宿のまちは
にぎわうらしも

東洋一の石油備蓄タンクは装置化され錦江湾
に浮かびておりぬ

ンマハラシーは沖縄の競馬。

琉球の競馬ンマハラシーは小さな馬で走る美
を競い賞金はなし

側体歩で走るすがたは美しくンマハラシーは
復活をせり

「首里城が燃えています」嘘でしょうＮＨＫ朝のニュースに

中国雲南省はお茶の産地。

孔明から茶づくり教わるジノ族に言葉はあれど文字はあらざり

文字なくば歌と踊りで大切な暮らしの知恵を
伝えきたりぬ

茶葉古道にプーアールあり霜害や紫外線から
茶を守る霧

欧州へ。

チェックアウトプリーズとハウマッチだけの
英語で通した欧州旅行

われ見たり列なし踊るフランスむすめムーラ
ン・ルージュの椅子に腰かけ

ひとすじの飛行機雲がのびてゆく雪積むモン
ブランの上空

ファーブルの昆虫記にあるベドワンは南フラ
ンスの山麓にあり

バチカン市国礼拝堂にミケランジェロ描く天
井画見上げめまいがしたり

カソリックとプロテスタントのたたかいはチ
ロルのやまの奥にもありき

リリアーナ・マセード歌う歌かなしポルトガルギターの音にのせつつ

リスボンに大地震あり六万人が死にてその後に国力低下す

一七五五年

ポルトガルにコルクの木あり九年に一度皮むき出荷せりけり

生栗を五つほど入れわがからだ午後五時半のバスタブに浮く

ある友は

「短歌人」の歌友、大橋弘志氏の文体を借りて歌を詠む十一首。

ある友は日本棋院の支部長で間もなく秀光院
の居士となりたり

ある友は県議会議員選挙に立候補し落選した
り五十歳のころ

ある友は木造校舎を借り受けてカフェ「北風
と太陽」を立ち上げにけり

ある友は歩いてしか行けぬ山おくの温泉宿の
切り盛りをする　　　　　　　　三斗小屋温泉

ある友はその持つ技量全開でＪＲＡの配当で
暮らす

ある友は海に潜るが大好きでソロモン諸島に
たびたび出かける

ある友はゴルフを趣味とし四回目のホールイ
ンワンを達成したり

ある友はドレッシングを開発す生の野菜をう
まく食うため

ある友は二十年務めたシェフを辞し有機米を
つくり販売している

ある友は長谷川櫂に師事しつつ俳句づくりに
専念するも

ある友は肩書好きで退職してからも七種類ほ
どの名刺を持てり

続・数詞、その他

大仏建立からちょうど一二〇〇年にしてわれ
生まれたり下野のくに

わが兄の一郎この世に七日間生きて死にけり
七十年まえ

畝たてて大根のたね蒔きにけり一つの窪みに
三粒ほど落とし

こんにゃく玉一個持って遊びに来る磯弘子ちゃんは天使のごとし

一日に一個の梨をわれ食えば十個の梨は十日で消えぬ

一本のもみじを虐め虐めぬき盆栽にするをわれは好まず

一本の茎に四つの花が咲き四つの茎があるアマリリス

一本のギターに陽水が歌いたる「傘がない」がわれの十八番ぞ

どう聞いても向こう半日が雨という鳴き方である今朝の山鳩

飛行機雲かとよくよく見れば軒下に張れる一本の蜘蛛の糸なり

空間に巣を張る蜘蛛は一回は空を飛ばねばならないだろう

力強く育てるために一番花の茄子は早めに切り取りましょう

新築の家に移ればば古き家にピアノ一台残されにけり

養蚕のなごりはありて畑中に一本の桑の木たちておりたり

指摘せし歌のあやまり一か所は致命的打撃を与えたるらし

かつお一本ぶら下げてくる男いて捌いて二人
酒飲みにけり

差し上げるには奇数がよくてカボチャは一個
じゃがいも七個と決めておりたり

アルミニウムでつくる一円玉よりも価値ある
紙の二円切手は

一枚が五〇〇円になる計算か二枚組なるマス
クが届く

通訳がいるゆえ選手は二度しかられきフランス語に続き日本語で

雲梯は御手の物にて二段とびに渡りてゆけり姉むすめいずみ

惣菜の並べる棚のまえに来てカニコロッケの
二つを選ぶ

おにぎりがたいへん美味しくしゃくりせり二
つしゃくりし三つしゃくりす

高林の三羽ガラスと言われしが一羽が欠けて
二羽となりたり

組内の葬儀三つを段取りて二〇一九年暮れゆ
きにけり

病院の中にコンビニありたれば死亡届を三通
コピーす

筍の季節になるとたけのこがドーンと届く三
人の友から

わが母がつくり残せる樽味噌も使い切りたり
五年が過ぎて

金銀銅のメダルセットを五つ買う百均の店で
園児たちのために

六トンをつくるに三トンの石載せてねかす八
丁味噌樽ひとつ

六トンのバラの花びら蒸留し一キロの香りの
エキスを作る

七夕の老人ホームの願いごと「体のかゆみが
とれますように」と

大ぶりの梨の七つをいただきぬ箱詰めにして
整えたるを

おそろいの帽子をかぶるどんぐりを拾い来たりて七つ並べる

七人の小人が横ならびに踊ることありき学芸会の舞台に

藍とオレンジ色を加えて虹が七色と言い出し
たのはアイザック・ニュートン

八人の遺体を載せて木造船由利本荘の磯に漂
着したり

東京ドーム八個分の客船のありカリブ海をすべりゆくなり

抱き合うまでに時間をかけるは八王子人形ばかりにあらず

日本語が下手と言いたり坂本九の歌うを聞き
し永六輔は

視覚からの情報遮断せんとして十秒間を目を
つむりたり

その父と同じ日を待ち死にゆけるわが母思う
今日十七回忌

三十分ほどしゃぶっているがまだ味が沁みだ
している梅干しの種

平安時代のおんなの寿命二十八おとこの寿命
三十三歳

自らの負けたすがたを描かせて三方ヶ原の徳
川家康

戦いは半日で終わり関ヶ原にただ横たわる二千のしかばね

戦国の世なれば鉄砲隊として招聘されしかマタギというは

蜂起せし住民八千全員が討ち死にしたり天草
の乱

三番目の妻に看取られ小林一茶六十五歳は土
蔵に死せり

会津藩三千人が戦死して鶴ヶ城は落城をせり
マレーシア航空370便は消えにけりリチウ
ムイオン電池二三〇キロを積んで

めんどりがヨットで世界一周をして一〇六個
のたまご産みたり

一〇八回の鐘をつくのに二時間をかけ永平寺
年明けにけり

歌舞伎町のホスト四千、吉原のおんな四千
四千が限度か

暴風域六五〇キロをともないて台風19号は西
から来たり

ＡＩが作ったレンブラントの肖像画四千九百
万円にて落札

政権

アベノマスクはサイズが小さく政権を批判する声が洩れてしまいぬ

文書がないと政治家が言いアラビアのあぶら
を使い官僚が燃やす

政策がデジタル庁設置と携帯電話料金引き下
げではどうにもならぬ

官邸は放送業界に強くなりニュースキャスター を大阪へ左遷す

政権が報道局に圧力をかけつぎつぎ記者が辞めるロシアで

令和おじさんがパンケーキ作ってかわいいから支持する若者七十パーセント

蟻は蟻のあとを歩くが先頭の蟻はなにをめあてに歩くのだろう

斬首刑を待つのだろうか杉森に赤いテープを
巻かれた杉は

知りたがり屋のジャーナリスト立花隆は田中
金脈を掘り当てにけり

職場

清掃工場その実態はごみ燃料の火力発電所と
われ説明す

ごみ一〇〇トンを燃やすに一五〇トンの水を
要すと言えばおどろく

使用料を決めるも仕事。

火葬場担当でありし若き日に死者を焼く原価
を計算せしことのあり

一時間半では燃え切らぬから棺に本を入れて
はならない

夢の中ことばの定義をしていたり「祭祀財産
の範囲」について

職場へと猫紋様のネクタイをして行きしかど
誰も気づかず

コミュニケーションにスキルは要らない相手
を知りたいと切に思えば

「企画」とは課題解決プログラムと説明した
りわが後輩に

「戦略」を「将来を見据えた」と言い換えれ
ば見えてくるものがあるではないか

松下村塾にならい職場内に学習集団をつくり
「黎明塾」と名付けたりけり

派閥化はしないようにと勉強会は二年が期限
と決めておりたり

バッハホールを造り宮城県知事までになった
男のその後を知らず

東日本大震災で死亡せし消防団員二五四人民
生委員五十六人

知らぬふりすることよりも立ち向かう方が楽なこともあるのだと知る

「お父さんは地方のしがない公務員」と書いた十二歳の姉むすめはも

伝統への回帰によって批判をあびたは金子兜太のみにはあらず

ずり落ちるかたちを見せるにはガラスに少し重さがなければならぬ眼鏡

家柄から能力主義へ聖徳太子は冠位十二階を
定め公布す

謝罪力に長けて前田利家は戦国の世を成り上
がりたり

うまくいかねば腹切る覚悟　立行司式守伊之助の腰に短刀

参勤交代課さなくなって急速に幕府の力はおとろえにけり

自衛隊に親しみなけれど富士総合火力演習を
われは見に行く

仕事にて知り得た秘密は退職後も絶対漏らし
てはならぬがきまり

一九九六年十二月十七日、地球のまったく裏側で。

青木周蔵那須別邸解体とペルー公邸人質事件
発生同時と知るはわれのみ

道の駅「明治の森・黒磯」のトイレ天井は星
空のごとし

道の駅「みわ★ふるさと館北斗星」筒型トイレにゆばりを放つ

災いのもととわが口閉ざせるが幾度も幾度も漏れてしまえり

死に票を入れるのもなぜか悔しくて白票を入れる投票所に来て

自分のことしか語らぬ友に相槌をうちつつ心は離れて行きぬ

右手上げて語る姿を撮られたり　わが酔い方のポーズとなりぬ

政策の決定会議を主催する立場にありてもの言いにけり

部長なれば両袖机与えられ椅子のひじ掛けさえ二つある

公務員最後の日の夜まねかれて金子さんちで酒飲みにけり

職終えてはや八年になりたるがいまだに会議
段取りの夢をみたりき

歌林

我が家のまわりは、クヌギ、コナラ、さくら、クリ、赤松などで構成される雑木林が存する。雑木林は、薪炭や椙木、堆肥用落葉の採取林として管理され、子どもの頃からのあそび場であり、きのこや山菜の宝庫、昆虫や鳥の住処であった。木の枝は、僕には知り得ぬ法則で複雑に絡み合い、春には葉を出し、秋には紅葉し、落葉ののちは雪を積み、氷結もする。僕はその枝の折々の景を見上げるのがとても好きで、この雑木の枝のように絡み合う風景画を短歌によって描いてみた。

あたまの血行よくなる薬をもらいたりすぐ効
くというものにもあらず

あなぐまという自然の守りやぐらという人工
の守り日本将棋に

甘酒を売っていたから和菓子屋になっても
「あまざけ」屋号は楽し

アリババやGoogleに勝たんと日本のYahoo!と
LINEは統合をせり

石は石ころがしてもふんづけてもあぶっても
石以外になることはない

胃にたまるプラスチックが邪魔をして食えな
くなって死にゆく海鳥

遺品整理人が見た孤独死は枕元のふるさとまつりの新聞の記事

映像とともに映画音楽は記憶さるるゆえ思いは深し

「おとなしく、させてきたから」高齢者施設の職員が言うはおそろし

飼い犬は死ぬときを知り人の目をのがれきたりて藪に移りぬ

カップ麺を調理するため砂時計買ってきたりぬ高齢者われ

カラオケにわれの歌える「旅の宿」聞く人もなし秋の夕暮れ

気象庁気象レーダーは東芝製で日立製のスーパーコンピュータに繋がる

九十歳まで生きた葛飾北斎は七十歳から本領発揮す

球場へグローブ忘れて取りに行けば一塁側ベンチで憩いておりぬ

胡桃を割るにハンマー使うは常なれど万力使うをはじめて見たり

ゲンゴロウが水から上がり月光浴　からだに
カビが生えないように

小砂の金結晶の碗ひとつ退職祝いにと恩師は
呉れき

高僧のごと南無大師遍照金剛とのどをならしてカラオケに行く

告別式の経にねこみしことありて不覚にも焼香を促されたり

こちら側に通路のあれば自転車をこちら向き
に停めることなし

「幸福の黄色いハンカチ」に出演の桃井かお
りはまだ若かりき

死刑執行命ずる文書にサインして法務大臣立
ち上がりたり

下向きに生きた羊を殺すとき仰向けにして空
を見せやる

自分に自信がないから他人の悪口を言うに決まっているではないか

「消臭元」と「消臭力」とのたたかいはコマーシャルの頻度で消臭力の勝ち

昭和天皇が愛したみどりのトンネルはわが里
にありクヌギ、コナラの

セーターから首を出すのに難儀をしたがこの
頃手首も出せなくなったな

雑木林に木漏れ日あれば散歩せり熊イチゴなど時に採りつつ

太宰『津軽』に山菜としてのアザミありいかに調理して食べたのだろう

狸に訊いたわけではないが好物は這い出して
くる蟬の幼虫

中国産落花生とアメリカ産アーモンド食いっ
つ飲めりフランスワイン

ドイツ車にアラビアのあぶら中国製下着を買いに行く日曜日

同性婚が認められぬは違憲であると札幌地裁は判決したり

毒蟻に刺されたアゲハの幼虫は悶え転げて死
にゆきにけり

肉体は借り物ゆえにメンテナンスちゃんと施
し返さねばならぬ

日赤の女医さん溶接工のようにわれの鼻血をとめてくれたり

『バカの壁』再読しおればグリルなる鮭の切り身がまっくろこげに

明治の頃まで、乗り物のスピードは遅かった。
走る電車走る車にぶつかっていのちを落とす
虫の数々

バナナの皮の滑りを深く研究し人工関節に応
用したり

晴れの日のはだかの馬にまたがって走ってみたしモンゴル平原

晩年の疲れた顔よりすこしまえの元気を撮らん遺影のために

晩年の向田邦子はセクスについて書こうとしたり『阿修羅のごとく』

ピロリ菌絶滅せんと朝夕に錠剤セットを飲み込むわれは

ふるさと納税返礼として市営墓地永代埋葬権
を付与する小諸市

ヘモグロビンA1c《エーワンシー》が6・9なればわが血管
は再生されん

帽子からハトが出るとは限らぬがトラが出て
くることはあらずも

迷い込んだトンボを乗せて黒磯から県都宇都
宮まで車走らす

見せることと隠すこととが並行して進行して
いる手品というは

みつばちの飛びからまなび作りたるドローン
という飛行物体

三依の里の児童生徒は獅子がしらを小さき額
につけて踊るも

見るだけでカエルが駄目な友おりていも虫嫌
いなわれは笑えり

濡れないように包んでとどく朝刊の記事一面
が豪雨災害

野球場には電車で来るよう球団の電鉄会社は
駐車場をつくらぬ

カルロス・ゴーンは、トルコ経由でレバノンへ脱出した。

ヤマハミュージックジャパンは表明す「危ないから楽器ケースに入らないで」と

夜どおしで歌って踊った「あいや節」港のおんなと船乗りが出会い

竜頭の滝の凍った写真を送りきて友だちからのアケオメメール

緑内障の症状の出て定期的に眼圧測る空気打たれて

林檎積み東北本線を南下して川崎まで運ぶ貨車のあるらん

わが里の那須火山帯は下北を越えて蝦夷の地までのびていたりぬ

花の庭

蠟梅《ろうばい》の花咲き福寿草の花咲けり先駆けて咲く
は黄の花と知る

万作《まんさく》や喇叭《らっぱ》水仙《すいせん》も黄の花で連翹《れんぎょう》、たんぽぽも
黄の花なりき

万作の木の下陰につくりたる茶をのむための
檜《ひのき》のテーブル

桃の花咲かんとするとき紫木蓮《しもくれん》の蕾はふくらみ春の日強し

母死にしとき苧環《おだまき》が父死にしとき凌霄花《のうぜんかずら》が咲いていたりぬ

母死にて手入れせぬうち消えゆきぬ芍薬《しゃくやく》、エビネ、クマガイ草が

家建てるために辛夷《こぶし》と藤の木は伐ってしまえり石楠花《しゃくなげ》の木も

ドクダミとおとぎり草とスギナあるわが庭さ
ながら小石川御薬園
キクイモとニンニク、行者ニンニクを加えて
楽し黒土の上

梅雨入りの時咲きはじめ梅雨上がるとき咲き
終える花《はな》立葵《たちあおい》

細かき花の蘇芳《すおう》に降れる雨のあり雉のつがい
は歩み来たれり

櫲《とち》の木の木下に咲けるカラーの花弁白きをなでれば濡れているなり

小鳥というには少し大きめの鳥の来て置く蹲《つく》踞《ばい》に水あびており

こんなにも庭が広いはかつてここに乾燥葉たばこ作りしなごり

栗の実の熟して落ちるは九月一日　決まっておれば下草を刈る

白うさぎの大好物はアザミだと思い出しつつ
草刈り進む

決めており年の最後の草刈りは曼《まん》珠《じゅ》沙《しゃ》華《げ》芽吹
く直前にせんと

栽培の佐藤錦《さとうにしき》は小粒にて収穫まえに小鳥ついばむ

われの目は生まれてこのかた庭に来るメジロをウグイスと違えていたり

鬼灯《ほおずき》を盆飾りにとつくりしが十月になってやっと色づく

花の無き季節をかざると姉は来て薔薇《ばら》の二株植えてくれたり

庭隅の太き椛《もみじ》は大量の種をこぼせり枯れるを
知って

庭に積むおちばを庭に焚きおえて夕餉のため
の蕎麦を打ちたり

秋明菊《しゅうめいぎく》の花の終われば山茶花《さざんか》の花のひらきぬ
わが庭の冬

山毛欅《ぶな》の木とナツツバキの木はその高さ競い
合いたり隣り合わせて

木は話しかけては来ぬが木に話しかけること
あり喜びありて

橡の木の枝伸びてきてわが家の二階ベランダ
に近づくを伐る

ことごとく上向く枝を切り落とす梅の木のた
め林檎《りんご》の木のため

冬の庭の主役となりし寒椿《かんつばき》花散らしたり春来
るまえに

ねこばば

カエル鳴きセミ鳴きウシ鳴くわが里にきみ嫁
ぎ来て四人子をなす

四人の子がいたから学習机は四つ買う一つの
部屋に二つずつ並べ

それぞれが中学生になったとき通学用自転車
とヘルメットを買いき

むすめがもらったグッドデザイン賞のレプリカを居間に飾って人にも見せる

靴下屋に勤めたことある末の子が父の日に送り呉れる靴下二足

「どこの馬の骨かわからぬ奴に、大事なむすめをくれられるか」と一度言いたし

ステーキ、焼き肉、寿司、蕎麦、うなぎ帰省するむすこむすめの大好きページ

小学生に歌を教えるのはむずかしい。冒頭、岩手の歌人の歌を披露。
・工藤家の長女　はらぺこあおむしでいちばん好きなページはサラミ
工藤玲音『水中で口笛』

室井家の長男　はらぺこあおむしで好きなページは麦とろろめし

ねこばばの語源を知って妻とふたり顔を合わせて笑う猫糞《ねこばば》

ポインセチアの木守しているわが妻はふたたび子育てするがごとしも

チューリップの球根買いに三《み》毳《かも》山《やま》へ行かん車の運転をして

一枝のさくら

コゴミ、独活、タラの芽、野蒜、コシアブラ
春のものみなみどりの匂い

夕方の酒のつまみにせんと出て野蒜とタラの
芽採りてきたりぬ

若菜摘みに行きしがおとめあらわれずばあさ
ん二人が散歩するのみ

山椒のわかばを摘みて佃煮にしたと持ち来る
おんなともだち

玄関の一輪挿しに花さすはわが仕事にて今朝
さすスイセン

一枝のさくらを折りて持ちゆきぬ義父の棺に
そえて送ると

ちちははの開墾したる黒土にはるの種まくき
みとふたりで

春彼岸過ぎて温める黒土に馬鈴薯植える畝立てながら

カメムシと三毛猫一匹たずねきて五月四日の朝明けにけり

灯りが全部消えているから平穏な夜明けである
らしグループホームは

ものを見る目は母親からひとと接する態度は
父親から譲り受けたり

三キロを貫きにけるトンネルは会津の風を運んで来たり

土方歳三が会津に建てた近藤勇の墓に刻まる院殿居士が

春遅き会津喜多方蔵のまちわが妻連れてさくら見に行く

歌一首に盛りこむ量《かさ》の正確さ小池光のうたを読みゆく

あとがき

本歌集は、『起き上がり小法師』に続く、私の第四歌集である。二〇一九（令和元）年から作り置きし、二〇二二（令和四）年春にかけて、主に「短歌人」に発表した歌を中心に再編成した。年齢的には六十七歳から六十九歳に当たる。編成前の歌の整理については、「短歌人」の紺野裕子さんにお世話になった。集中の「わが友は……」の歌は、同じく「短歌人」の大橋弘志さんの文体で、借用することへの了解を得た。

令和になってすぐの水害や首里城の炎上、明けての新型コロナウイルスによるパンデミック、そしてロシアのウクライナ侵攻と、なんともやりきれない時代にある。日常の行動も、ことごとく制限されているが、それ以上に高齢者だからと理屈をつけて、自らの行動に制限を課してはいないだろうか。本年の九月には、七十歳になる。古希になったら歌集を出そうと思っていた。第二歌集に続き、六花書林の宇田川寛之氏にお世話になった。歌の仲間は、いつもありがたい。また、出版に当たって、今回も小池光氏には選歌や帯文で、装画は造形美術家松原賢氏、装幀は真田幸治氏にお世話になった。お礼を申し上げたい。

二〇二二年五月

室井忠雄

著者略歴

室井忠雄（むろいただお）

1952（昭和27）年　栃木県生まれ
1969（昭和44）年　啄木にあこがれ、作歌を始める
1973（昭和48）年　詩誌「吾木香」同人
1990（平成２）年　「短歌人」入会
2003（平成15）年　第一歌集『天使の分けまえ』（雁書館）刊行
2013（平成25）年　第二歌集『柏の里通信』（六花書林）刊行
2019（平成31）年　日本歌人クラブ栃木県代表幹事
2019（平成31）年　第三歌集『起き上がり小法師』（角川文化振興財団）刊行

現住所
〒325-0107　栃木県那須塩原市高林1921

麦　笛

2022年8月14日　初版発行

著　者――室井忠雄

発行者――宇田川寛之

発行所――六花書林
〒170-0005
東京都豊島区南大塚3－24－10　マリノホームズ1A
電話 03-5949-6307
FAX 03-6912-7595

発売――開発社
〒103-0023
東京都中央区日本橋本町1－4－9　フォーラム日本橋8階
電話 03-5205-0211
FAX 03-5205-2516

印刷――相良整版印刷

製本――仲佐製本

定価はカバーに表示してあります
ISBN978-4-910181-36-3 C0092